AF466490

FÊTES DE FAMILLE

LA RELIGION.

L'ÉTOILE DE L'ORPHELINE.

L'ADOPTION.

DRAMES ALLÉGORIQUES A L'USAGE DES JEUNES PERSONNES.

Se vend au profit d'un orphelinat.

LYON
BRIDAY, LIBRAIRE-ÉDITEUR,
PLACE MONTAZET, 1.

1860

FÊTES DE FAMILLE.

Lyon. — Typ. d'A. Vingtrinier.

FÊTES DE FAMILLE

LA RELIGION.

L'ÉTOILE DE L'ORPHELINE.

L'ADOPTION.

DRAMES ALLÉGORIQUES A L'USAGE DES JEUNES PERSONNES.

[illegible] profit d'un orphelinat.

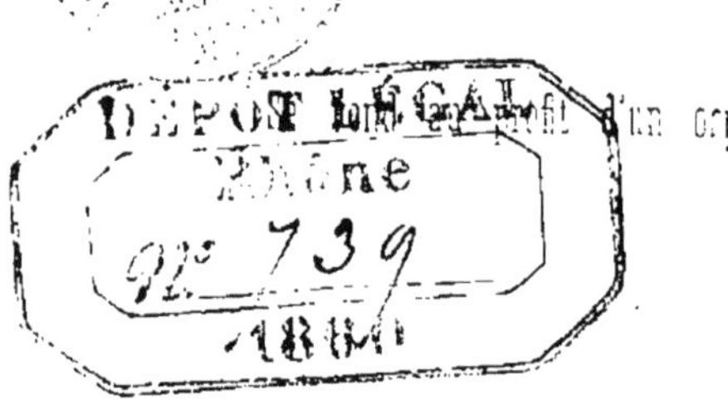

LYON

BRIDAY, LIBRAIRE-ÉDITEUR,

PLACE MONTAZET, 1.

1860

SUJET DU DRAME.

Plusieurs jeunes orphelines se concertent sur le moyen de donner à leur mère adoptive une fête digne d'elles. — Elles invoquent la Religion. Des anges viennent leur annoncer qu'elles sont exaucées ; en effet, la Religion descend bientôt du ciel, suivie d'un brillant cortége de Vertus qui vont avec elle célébrer la mère adoptive de ces pauvres orphelines.

PERSONNAGES:

Louise.	Adèle.	Jeunes filles de 10 à 12 ans.
Maria.	Cécile.	
Valérie.	Céline.	
Victorine.		

Fanélie, petite fille de 6 ans.

UN GROUPE D'ANGES.

Raphaël, Gabriel, Isaël, Elial.

La Religion,	La Sagesse,
La Foi,	La Miséricorde,
L'Espérance,	La Justice,
La Charité,	

Vertus personnifiées et vêtues de leurs costumes symboliques.

LES PROPHÈTES:

Jérémie, Isaïe, deux autres prophètes; Balaam, faux prophète.

LA RELIGION

Drame en un acte.

—

SCÈNE PREMIÈRE.

LOUISE, MARIA, ADÈLE, CÉCILE, VALÉRIE, FANÉLIE.

LOUISE.

Mes sœurs bien-aimées, elle arrive cette fête si chère à nos cœurs, fête qui nous transporte et qui nous fait dire que c'est pour nous le plus beau jour de l'année.

MARIA.

Pourrait-il en être autrement? Nos vœux s'adressent à une mère si bonne que pour redire ses bontés, il nous faudrait des volumes entiers.

LOUISE.

Et encore, je ne sais si cela suffirait. Les livres ne disent pas tout, et je vous assure que pour exprimer tout ce que je sens, il me faudrait un langage que je ne connais pas encore.

ADÈLE.

Alors, comment nous y prendre pour offrir à cette mère bien-aimée, une fête digne d'elle?

CÉCILE.

Je voudrais, pour cela, posséder une baguette enchanteresse, et avec ce petit instrument nous transformer en fleurs parlantes, pour redire en notre langage les bontés de notre mère.

LOUISE.

Ne savez-vous pas, ma sœur, qu'il ne

faut pas recourir aux sorciers ni à leurs sortiléges. Du reste que pourrait dire de petites fleurs sur une mère comme celle que nous possédons? Qui pourrait dignement exprimer tout ce qu'elle mérite d'amour, sa tendre sollicitude et toutes ses vertus? On dit même qu'on l'a surprise s'occupant de nous jusqu'au milieu de ses songes, nous encourageant, nous consolant et nous prodiguant mille caresses de mère.

VALÉRIE.

Oh! que nous sommes malheureuses de ne pouvoir trouver enfin un moyen de célébrer dignement cette fête chérie!...

CÉCILE.

Et si nous prenions un sujet d'histoire? Esther, par exemple?

ADÈLE.

Ah! n'empruntons pas aux livres ce que nous voudrions dire à notre bonne mère. Elle aime par dessus tout le langage simple et naïf de l'enfant.

CÉCILE.

Eh bien!... transformons-nous en tout ce qu'il y a de plus innocent et de plus doux, en de petites brebis, et sous cette allégorie, nous montrerons notre bonne mère, comme le bon pasteur au milieu de son troupeau.

ADÈLE.

Ma sœur, je crains bien que ce moyen ne trahisse encore notre espérance; on n'a jamais appris que les brebis fussent bien éloquentes. On les représente, au contraire, comme le symbole du silence et de la faiblesse. Pour un sujet comme celui qui nous occupe, il nous faut des personnages sachant un peu mieux parler que de timides agneaux.

MARIA.

Non, chères amies, il n'est aucun sujet qui puisse nous aider à célébrer cette fête chérie comme nous le désirons; tous les projets charmants que vous venez de proposer, ne pourront jamais que montrer notre impuissance et désoler par là nos cœurs reconnaissants.

ADÈLE.

Ma sœur pourquoi nous décourager ainsi ? Notre affection si ingénieuse nous fera-t-elle défaut en cette occasion ?

MARIA.

Ah ! ce n'est point là ma pensée, chère amie. Bien au contraire, je voudrais vous communiquer à toutes une idée, mais une idée que m'a apportée mon bon ange, ce matin, à mon premier réveil.

ADÈLE.

Que vous a-t-il donc inspiré ?

MARIA.

J'ai compris combien nous étions incapables de célébrer cette fête. Vous le savez, chères amies, chaque année, à l'approche de ce jour béni, une joie nouvelle anime nos cœurs. Il semble que ce jour va nous permettre enfin d'exprimer tous les sentiments dont ils sont remplis, et puis, le lendemain, nous sommes bien tristes, parce que nous sentons combien nous sommes restées en arrière de ce que nous devions à notre mère bien-aimée.

LOUISE.

Oh! cela est bien vrai, mais faut-il donc nous laisser arrêter par cette pensée? Notre douce et bonne mère n'est-elle pas assez indulgente pour agréer au moins l'expression de notre bonne volonté, lors même que ce témoignage serait très-imparfait? Cessez donc de nous décourager.

MARIA.

Encore une fois, je ne ne veux point vous décourager, mais élever vos pensées au-dessus de ces faibles et impuissants moyens que vous proposiez naguère. Voici l'idée que je vous propose de la part de mon bon ange : réunissons nos cœurs et nos voix, et appelons la Religion à notre secours. Elle seule saura nous inspirer pour célébrer dignement cette fête. Elle seule, qui connait et soutient nos sentiments de reconnaissance, sera capable de nous aider à les exprimer.

LOUISE.

Oh! la merveilleuse idée! Mais comment espérer que la Religion du haut de son trône s'inclinera pour écouter de pauvres enfants comme nous?...

CÉCILE.

Comment espérer aussi qu'elle voudra s'associer à une fête de la terre?

MARIA.

Chères compagnes, ne vous découragez point vous-mêmes, vous dirai-je à mon tour. La Religion ne peut nous refuser son assistance. Invoquons-la, et ce ne sera plus pour nous une fête de la terre, mais elle donnera à ce jour un reflet du ciel. Elle nous remplira de cette joie sainte qui fait le bonheur des élus.

ADÈLE.

Oui, oui, appelons la Religion à notre secours. Elle aime les cœurs reconnaissants ; elle nous aidera ; elle nous sourira malgré notre faiblesse. Ne sommes-nous pas ses enfants, d'ailleurs ?

La petite FANÉLIE.

Oh ! je l'aime bien, moi, la Religion, surtout si elle vient nous aider à fêter notre bonne mère.

MARIA.

O sainte Religion, vous qui nous abritez sous vos ailes, écoutez les faibles accents de nos cœurs! Exaucez nos vœux; ils sont tous pour cette mère bien-aimée qui nous entoure de tendresse et nous apprend à vous aimer. Mes sœurs, invoquons-la toutes ensemble, afin qu'elle ne puisse rien nous refuser.

(*Un chant : Invocation à la Religion*).

O toi dont le trône immuable
Resplendit au sommet des cieux,
Du Tout-Puissant fille adorable,
Religion, entends nos vœux !...

1er COUPLET.

O descends, descends sur la terre,
Source de paix et de bonheur,
Pour fêter une tendre mère,
Tu peux seule aider notre cœur.
O toi dont le trône ....

2me COUPLET.

Jamais en vain la faible enfance
Vers toi n'éleva son désir ;
En ce jour de notre espérance,
Pourrais-tu ne pas nous bénir !...
O toi dont le trône ....

(Après le 1er couplet, la petite FANÉLIE s'écrie avec une douloureuse inquiétude :)

Mais elle ne vient pas, la Religion !... Nous ne pouvons pas espérer une si grande faveur.

MARIA.

Oui, oui, espérons ; nos désirs sont si sincères, si unanimes, qu'elle ne peut les repousser.

(Elles se mettent toutes à genoux pour continuer le chant ; à la fin, on entend en dehors de la scène, un chœur d'anges chantant le *Gloria in excelsis*).

LOUISE.

O quel bonheur pour nous, si nous pouvions donner à notre mère, une fête digne d'elle !...

VALÉRIE (*avec vivacité*).

Ecoutez,... écoutez,... quel est ce chant suave et divin qui frappe nos oreilles ?... on dirait un concert céleste !.....

ADÈLE.

On dirait la voix des anges faisant entendre aux bergers leurs paroles de paix....

VALÉRIE.

Que signifie cette merveille ? Les chants continuent!... ils semblent se rapprocher de nous !...

SCÈNE II.

(Les enfants. Un groupe d'anges s'avance en terminant son chant).

PLUSIEURS ENFANTS ENSEMBLE.

O ciel ! que vois-je paraître !...

1er ange, RAPHAEL.

Heureuses enfants, réjouissez-vous.... Pour vous, aujourd'hui, s'accomplit une merveille dont le Ciel même est étonné.... Oh ! que les prières innocentes et les vœux des enfants sont puissants sur le cœur de Dieu !...

CÉCILE.

Eh ! quoi ! bel ange, seriez-vous la Religion que nous avons invoquée ? Oh ! soyez béni d'avoir écouté nos désirs....

RAPHAEL.

Non, enfants, nous ne sommes point

la Religion. Nous sommes les ambassadeurs des cieux.

2e ange, GABRIEL.

Ecoutez, écoutez et voyez combien le Seigneur est bon. Par de là les sphères immortelles, la Trinité immuable était sur son trône d'or, de jaspe et de feu. Les chérubins l'entouraient en se voilant de leurs ailes. Les vingt-quatre vieillards s'inclinaient à ses pieds en répétant l'éternel *sanctus*. Tout à coup, du sommet de cette montagne chérie que vous habitez, s'élève une nuée brillante et parfumée comme la fumée de l'encens... L'ineffable Trinité laisse tomber sur la terre son regard divin... Elle sourit en voyant que cette prière innocente et pure s'exhale de son sanctuaire béni, de ce lieu qu'elle chérit entre tous, parce qu'on y glorifie son nom.

LOUISE.

Eh ! quoi ! nos faibles accents seraient-ils parvenus jusqu'à l'adorable Trinité?...

GABRIEL.

Enfants privilégiées, vos prières lui ont

été un sacrifice agréable. Elle les a comprises et les a exaucées. Sa voix a fait retentir le ciel... Les anges et les élus se sont prosternés. Les archanges ont laissé leurs doigts immobiles sur leurs harpes d'or. Les vierges ont cessé leurs chants, et le Verbe de Dieu a parlé : O Religion, a-t-il dit, toi que j'ai établie sur un trône inébranlable, quitte à cette heure les hauteurs sublimes où je t'ai placée. Descends jusqu'au séjour des mortels. Les Vertus qui t'entourent, formeront ton cortége. Va visiter le sanctuaire que la Trinité s'est choisie sur la terre ; remplis-le de joie et de bénédictions. Mes trésors sont à toi !...

FANÉLIE.

Qu'il soit béni, ce Dieu qui exauce les petits enfants !...

ISAEL.

Heureuses enfants, encore quelques instants, et la sainte Religion paraîtra au milieu de vous. Non, jamais faveur si insigne ne fut accordée à la terre, jamais le ciel ne prit part à la fête d'une mortelle.

ÉLIAL.

Ah! c'est que c'est ici le sanctuaire béni que Dieu aime de préférence. C'est ici que de jeunes enfants apprennent à le servir dès leur premier âge. C'est ici que s'épanouissent les vierges bénies, et au milieu d'elles, cet ange tutélaire qui fait le bonheur de l'orphelin par son amour et la joie du ciel pas ses vertus.

GABRIEL.

Mais je vois déjà les Vertus des cieux s'abaisser sur un blanc nuage... Enfants, livrez vos cœurs à la joie la plus vive. Sainte retraite ouvre tes portes, et que tes échos retentissent de nos accents de triomphe....!

(*Un chant. Les anges et les enfants vont au devant du cortége qui s'avance lentement à leur suite*).

SCÈNE III.

Les précédents. La Religion, la Foi, l'Espérance, la Charité, la Sagesse, la Miséricorde et la Justice.

LA RELIGION.

Je vous apporte la joie et la paix du

Seigneur, ô mes enfants bien-aimées. Non, l'on ne m'a jamais invoquée en vain. Vous m'avez appelée dans un élan généreux de vos jeunes cœurs : Eh ! bien ! me voici. Je viens pour donner à cette fête un charme divin. Je viens pour remplir tous vos vœux de ce jour. Je viens surtout pour vous révéler l'immense tendresse de mon cœur. Je suis cette Religion que vous aimez, et que vous célébrez chaque jour avec tant de fidélité. Ah ! c'est que vous avez compris la douceur et la suavité de ma loi. Et moi, je vous rends au centuple cet amour et cette fidélité. J'ai veillé sur votre berceau, j'ai préservé vos premières années, je vous ai conduites dans cet asile, et là, tous mes bienfaits se sont multipliés encore... C'est moi qui anime le cœur de cette mère chérie que vous fêtez ; c'est moi qui lui inspire et cette tendresse et cette bonté toutes maternelles dont elle vous entoure chaque jour. Aussi ce sanctuaire est pour moi l'objet d'un amour de préférence, car tout y respire mes bienfaits, tout y célèbre mon nom.

LOUISE.

O sainte Religion, nous vous devons donc tout notre bonheur ! Oh ! puissions-nous toujours vous être fidèles, afin que vous ne nous abandonniez jamais !

LA RELIGION.

Non, mon amour pour les élus de Dieu, ne pourra jamais se refroidir, ni s'interrompre. Et ce n'est point ici seulement que se fait sentir ma douce influence. Mon empire s'étend partout pour le bonheur de la terre. Les générations finissent et se succèdent ; mais mon règne à moi ne finit pas. Dix-huit siècles ont passé sur mon front, sans flétrir ma jeunesse, parce que ma beauté est immortelle.

CÉCILE,

O divine et sainte Religion, soyez jusqu'à notre dernier soupir l'objet de notre amour, comme vous êtes la cause de notre bonheur. Mais quelles sont ces brillantes compagnes, qui viennent avec vous embellir ce jour de fête ?

LA RELIGION,

Enfants bien aimées, ce sont les aimables vertus, mes compagnes inséparables, la Foi, l'Espérance, la Charité, la Sagesse, la Miséricorde et la Justice. Oui, chères petites amies, elles vont vous dire elles-mêmes, combien elles sont glorieuses de briller parmi les plus beaux fleurons de la couronne de votre Mère vénérée, et quels sont les bienfaits que nous répandons sur vous et sur la terre entière.

LA FOI,

Je suis l'œil de l'âme divinement éclairée. Je lui montre, au delà de ce monde ténébreux, un autre monde inaccessible à la raison... Sous mon paisible empire, on vit à l'abri des tortures du doute et de l'incertitude. Mais si je viens à mourir dans une âme flétrie, il n'y a plus de bonheur pour cette infortunée.

VICTORINE,

C'est vous, divin flambeau, qui éclairez notre Mère. C'est de vos leçons qu'elle nourrit notre enfance. Oh! brillez toujours à nos regards, et soyez notre force dans les combats à venir.

L'ESPÉRANCE,

On me nomme l'Espérance. Je suis le charme, le soutien et la consolation de l'exilé. Je lui montre sa patrie au delà de cette région de larmes et de douleurs, et dans cette patrie, la possession invariable et éternelle de toutes les félicités. Vers moi on s'élance avec amour et l'on ne me quitte qu'audelà du tombeau. C'est en vue des récompenses immortelles que je promets, et aussi de votre propre bonheur, jeunes enfants, qu'une âme généreuse, un cœur de mère, a tout abandonné sur la terre pour vous conduire dans les voies de Sion.

LA CHARITÉ,

Je suis éternelle, j'ai vécu dans le sein de Dieu avant les siècles des siècles. Je vis dans le cœur de l'homme régénéré, et je vivrai encore sans fin dans le cœur des élus de Dieu. Mes œuvres sur la terre sont des œuvres de paix et d'amour. J'imprime, sur le front de mes fidèles amis, le nom et le caractère de disciples du Sauveur. Je recueille, sur le bord des chemins, les orphelins, jeunes plantes délaissées. Dans mes domaines, il n'y a plus d'orphelins, plus d'étrangers, plus de sauvages, plus d'ennemis. J'inspire les plus héroïques sacrifices, et je transforme l'échafaud lui-même en un trône de gloire.

VICTORINE,

O divine et sainte Charité, pour croire à votre merveilleux empire, il nous suffit de nous rappeler avec quel amour nous avons été accueillies dans cet asile, et de quelle tendresse nous sommes entourées par celle que vous nous aidez à célébrer en ce beau jour. Daignez nous inspirer aussi, pour que nous puissions dignement marcher sur ses pas.

LA SAGESSE,

Je suis la Sagesse, cette lumière qui vient du Père des lumières. Je répands mes rayons dans l'âme de votre Mère chérie de Dieu. J'éclaire son intelligence, enflamme sa volonté et soutiens son courage. Marchez sans crainte sous sa direction maternelle et suivez les leçons que j'inspire à son cœur.

LA MISÉRICORDE,

Je suis le refuge des coupables. On me nomme la Miséricorde. Je suis le lien de l'amour et la sœur de la Charité. C'est moi qui répands dans le cœur de celle que vous fêtez, l'indulgence et la bonté que réclament votre faiblesse et votre inexpérience.

LA PETITE FANÉLIE,

O sainte et divine Miséricorde, merci, merci, de votre intervention charitable, vous nous épargnez bien des punitions !

LA JUSTICE,

Jeunes enfants, n'invoquez pas si ardemment la Miséricorde. Ne savez-vous pas qu'il faut rendre à chacun selon ses œuvres, et que je dois présider au jugement suprême que le juste juge doit rendre à la fin des siècles. Le Sauveur a dit de moi : Bienheureux ceux qui ont faim et soif de la Justice, parce qu'ils seront rassasiés.

LA MISÉRICORDE.

Oui, ma sœur, ceux qui ont faim et soif

de vous, seront rassasiés. Le Sauveur l'a dit ; mais il a dit aussi : Bienheureux ceux qui sont miséricordieux, parce qu'ils obtiendront miséricorde. N'a-t-il pas dit encore par la bouche de ses prophètes et par ses exemples, qu'il aime la Miséricorde par dessus la Justice. Vous n'avez point à vous glorifier de la part qui vous est échue dans le gouvernement de ce monde. A moi l'empire sur la terre, à vous le règne du siècle futur.

LA JUSTICE,

Je vous cède la victoire, ma sœur, puisque vous la voulez, mais pour ne point troubler la bonne harmonie qui doit régner ici, partageons l'empire, donnons-nous le baiser de paix et jurons-nous une alliance éternelle.

(*Elles s'embrassent.*)

LA RELIGION,

Oui, c'est aujourd'hui le triomphe de la Miséricorde. Jamais notre Dieu ne fut aussi libéral, aussi magnifique envers les enfants de la terre. C'est à vous que s'adressent ces faveurs, ô reine de cette fête. Vos vertus font descendre chaque jour, sur cet asile, une douce rosée de bénédictions célestes ; mais aujourd'hui, c'est le ciel lui-même qui vient le visiter. Toutes les légions de la divine patrie sont saintement jalouses de venir vous offrir un tribut d'hommages. Pour combler la pure allégresse de ce jour, les prophètes, les vierges, les martyrs vont aussi s'abaisser sur la terre. Le Seigneur veut que les élus prennent part à cette fête. Il veut que tous viennent dire la gloire immense qu'il vous prépare et l'amour infini qu'il porte à ce sanctuaire. (Aux Vertus:) Allez, mes filles, au devant des saintes légions qui s'avancent ; c'est vous qui les avez conduites au ciel, c'est à vous de les précéder sur la terre. (Aux anges :) Et vous, esprits angéliques, célébrez la grandeur de Dieu par vos accents. Entonnez un hymne de joie, chantez comme on chante à Sion. *(un chant)*

(La Foi, l'Espérance, la Charité se détachent et reviennent immédiatement, suivies de différents groupes. La Foi présente les vierges ; l'Espérance, les prophètes ; la Charité, les martyrs.)

SCÈNE IVe.

(Les précédents, les Vierges, les Prophètes, les Martyrs.)

LA FOI,

Jeunes enfants, voici les Vierges mes filles chéries que j'ai dirigées sur la terre. Eclairées de mon flambeau et confiantes en mes promesses, elles ont sacrifié les plaisirs passagers pour s'assurer les jouissances éternelles. A leur dernier jour, je les ai présentées à leur époux céleste, parées de leur innocence, belles de leur virginité. Il les a couronnées lui-même du diadème immortel. Leur unique et constante occupation dans le ciel, c'est de suivre l'agneau sans tache, partout où il va, et de chanter un cantique que nul autre ne saurait chanter. Je vois, dans le lointain, un beau jour, où ma sainte phalange s'ouvrira pour recevoir la mère que vous fêtez. Son trône est préparé et sa couronne, quoique finie, s'embellit chaque jour de nouveaux fleurons.

VICTORINE,

C'est nous qui devons former sa couronne. (A l'Espérance :) Mais vous, gracieuse Espérance, pourquoi ces graves personnages forment-ils vôtre suite ? Nous croyions voir autour de vous de petits anges aux ailes bleues et roses, voltigeant sur votre passage, et tout au contraire, nos yeux ne rencontrent que des visages sérieux, presque sévères, qui nous inspirent un respect mêlé de crainte.

L'ESPÉRANCE,

Rassurez-vous, jeunes enfants, les glorieux personnages qui m'environnent ont été mes ambassadeurs sur la terre. Vous voyez en eux les saints prophètes, que j'envoyai jadis aux Hébreux, pour les soutenir dans leurs épreuves et leur rappeler les promesses du Seigneur. Leur esprit, inspiré de Dieu, savait discerner les choses futures. Ils annonçaient aux impies les châtiments qui les attendaient, et remplissaient le cœur des justes, de mes joies pures et divines, leur promettant un Sauveur qui devait les racheter et leur faire part d'un héritage éternel.

CÉLINE,

O bienheureux prophètes, vous qui

consoliez les Juifs par les douces pensées de l'espérance, élevez-encore vos voix prophétiques en notre faveur. Annoncez-nous un long et heureux avenir pour cette Mère bien-aimée que nous célébrons. Promettez-nous qu'elle sera toujours heureuse, et que ses jours seront tissés de soie et d'or.

UN PROPHÈTE, (Jérémie).

A mon passage sur la terre, jeunes enfants, ma voix ne s'est élevée que pour chanter et prédire les malheurs de ma patrie coupable. Mon âme triste jusqu'à la mort, dans la prévision des maux qui allaient l'accabler, exhalait sa plainte dans des chants pleins de douleur. Mais aujourd'hui ma mission est bien différente, et dans ces lieux privilégiés, je m'écrierais plutôt : Jérusalem, Jérusalem, ô montagne sainte, bénissez le Seigneur, votre Dieu, parce que vous êtes l'objet de son amour. Et vous, Mère pleine de tendresse, vous n'avez pas à gémir, comme l'ancienne Sion sur la perte de vos enfants, vous n'avez pas à pleurer parce qu'ils ne sont plus. Vous les voyez prospérer et grandir sous l'aile de votre charité. Aussi le regard de Dieu sur cet asile est un regard de complaisance. Il vous fait dire par ma voix, que sa divine Providence l'entourera toujours de ses soins, qu'il inspirera toujours les âmes généreuses qui le soutiennent, qu'un avenir heureux et prospère est réservé à cette maison que vous conduisez selon son cœur.

2e PROPHÈTE. (ISAIE).

Réjouissez-vous aussi, jeunes enfants, mes lèvres purifiées autrefois par un charbon ardent, n'auront pour vous que des paroles de paix. Tous les vœux que vous formez pour cette mère chérie, sont exaucés. Le Seigneur m'envoie vous dire que vos prières pour elle seront toujours écoutées. Mais il a réservé la manifestation de sa miséricorde au jour de cette fête. Isaïe, m'a-t-il dit, va rassurer ces jeunes enfants sur la vie de leur mère. Dis-leur de ma part que je lui accorde, non pas comme à Ezéchias, quinze années de vie seulement, mais soixante-dix semaines d'années de joie et de bonheur.

(*Plusieurs enfants avec joie et vivacité* :)

Oui, oui, soixante-dix semaines d'années de joie et de bonheur !

VICTORINE.

Et vous, divine Charité, doux lien de nos cœurs, modèle accompli et fidèlement retracé par notre mère, quels glorieux et brillants personnages nous présentez-vous ? Pourquoi ces palmes dans leurs mains, ces couronnes sur leurs têtes et cette pourpre éclatante ?

LA CHARITÉ,

Chères enfants, ce sont les martyrs. Ames généreuses, cœurs héroïques, ils ont traversé le torrent des tribulations, et trempé leurs robes dans le sang de l'agneau, et voici que l'éternité tout entière leur a été donnée pour faire retentir les célestes échos de leurs chants de victoire. Réjouissez-vous aussi. Un jour, bien éloigné encore, il est vrai, celle que vous aimez si tendrement, prendra part à ce triomphal cortége, parce que si les martyrs en versant leur sang, ont donné à l'Agneau, la plus grande preuve d'amour, votre généreuse mère vous a donné plus que sa vie, elle vous a donné, à vous qui êtes les membres du Sauveur, elle vous a donné son cœur, son âme tout entière, par le dévouement le plus ardent et le plus absolu.

(Pendant ces dernières paroles, Balaam s'introduit sur la scène sans être remarqué. Il est revêtu de couleurs éclatantes, grand manteau à l'orientale. Une esclave noire porte la queue de son manteau.)

CÉLINE, *(avec surprise.)*

Quel est ce nouveau personnage ?

UN PROPHÈTE.

Hé ! quoi ! c'est Balaam le faux prophète ! que demande-t-il ? de quel droit s'introduit-il dans cette enceinte ?

BALAAM, *(s'avançant majestueusement)*.

Enfants, rassurez-vous, et vous tous, élus des cieux, Vertus divines, écoutez-moi. Une étoile brillante et inconnue, s'est montrée, il y a quelques nuits à mes yeux étonnés. Surpris de cette apparition, je me demandais ce que cet astre nouveau pouvait annoncer ; lorsque ce matin une douce harmonie est venue frapper mes oreilles. J'ai aperçu une troupe d'Esprits bienheureux descendant du ciel et pénétrant dans cette enceinte. J'ai vu aussi l'étoile mystérieuse s'arrêter sur cette maison. J'ai compris qu'une fête magnifique s'y préparait. Irrité de n'avoir pas été invité à y prendre part, je me suis écrié aussitôt : j'irai et je la maudirai ! Et appelant mon serviteur : Selle mon ânesse, lui dis-je, et partons. J'ai traversé rapidement la distance qui me séparait de ces lieux, et toujours guidé par la position de l'étoile, j'allais entrer pour opposer mes malédictions aux joies de cette fête. Mais soudain, mon ânesse s'arrête et refuse d'avancer. Je l'excite de la voix je la châtie même pour son entêtement. Mais vains efforts. Tout-à-coup elle reprend la parole comme autrefois. Pourquoi me frappes-tu, dit-elle ? t'ai-je mal servi ? A cet instant, un ange vêtu de blanc, se montre armé d'un glaive qu'il présentait à mon ânesse pour l'empêcher d'avancer. Impie, me dit le messager céleste, que vas-tu faire ? Que pourront tes malédictions contre ce peuple choisi de Dieu ? Oui, continue ta course, mais le Seigneur t'interdit toute parole malfaisante, au lieu de le maudire, tu ne pourras que le bénir.

4e PROPHÈTE.

Qu'il est grand le Dieu d'Israël ! qu'il est bon pour le peuple qu'il aime !

BALAAM, (*d'une voix solennelle.*)

Et maintenant prêtez-moi une oreille attentive, ô habitants de cette colline sainte ! que les échos sacrés de ces saints lieux se réveillent aux accents de ma voix ! Qu'ils répètent au loin les bénédictions que le Très-Haut m'inspire.

Soyez bénie, ô reine de ces lieux, Mère si justement aimée. Et vous, vierges pieuses et dévouées, que les bénédictions d'en haut s'étendent aussi sur vous !

Soyez bénies, enfants, vous dont l'aimable innocence attire les regards de Dieu, puissiez-vous toujours grandir et prospérer en grâce et en sagesse, et faire le bonheur de cette seconde mère que le ciel vous a donnée !

Qu'ils soient bénis, les heureux invités de cette fête de famille, et qu'ils s'en retournent remplis de joie !

O saint asile, nouvel Eden, paradis de la terre, que tout ce que tu possèdes soit à jamais béni ! que tes champs produisent des moissons abondantes ! que tes celliers se remplissent d'un vin généreux, que les arbres de tes vergers inclinent leurs rameaux sous le poids de leurs fruits ! que les oiseaux du ciel viennent peupler tes bocages, et que leurs voix suaves chantent ta paix et ton bonheur !

CÉLINE, (AUX PROPHÈTES.)

Vénérables prophètes, ne nous refusez pas de recevoir Balaam au milieu de vous, puisqu'aujourd'hui sa voix comme les vôtres, ne s'est élevée que pour nous bénir.

(*Les prophètes ouvrent leurs rangs et Balaam se place parmi eux.*)

LA RELIGION.

Chères et bien-aimées enfants, cette fête a dû être selon votre cœur. Aussi en retournant vers nos célestes demeures, nous emporterons jusqu'aux pieds de l'Éternel, vos actions de grâces les plus vives et les plus tendres. Nous redirons aussi aux élus de Sion, les vertus que nous venons de célébrer sur la terre, et la mère mille fois aimée et bénie qui a été la reine de ce jour trois fois heureux. Chaque fois que vos prières et vos vœux m'invoqueront, vous me trouverez attentive et prête à vous exaucer.

Gloire à Dieu ! Nous retournons vers lui vous préparer une fête sans fin.

UN CHANT GÉNÉRAL TERMINE LA FÊTE.

DIALOGUE ALLÉGORIQUE

L'ÉTOILE DE L'ORPHELINE

—

ORPHA.

Mes sœurs, un bonheur pur et suave comme la brise du matin, vient d'inonder mon âme !.....

EUPHÉMIE.

D'où vous vient, en effet, ma sœur bien-aimée, ces rayons si doux si purs sur votre front naguère chargé de sombres nuages ? La cause de cette joie qui vous inonde, est-ce la douce rosée du matin ?... Est-ce l'azur des cieux qui semblent se parer de toute leur beauté pour ce jour de fête?.... Est-ce la pourpre des fleurs?.... Est-ce le chant mélodieux des petits oiseaux?.....

ORPHA.

Non, mes sœurs. C'est d'une source plus sainte et plus pure encore que découle en mon cœur ce torrent d'allégresse. Je viens du vert bocage où nous nous plaisions à échanger nos communes douleurs, au souvenir de nos mères. Je rêvais silencieuse, triste et abattue, lorsque soudain, un souffle léger de la brise matinale, écartant le feuillage, j'aperçois radieuse comme jamais cette douce étoile de notre espérance, l'astre bienfaisant, l'image de nos mères qui nous ont laissées sur la terre en partant pour les cieux.

ANGELLA.

O ma sœur bien-aimée, vous l'avez vue cette chère étoile?.... Je ne suis plus étonnée du bonheur qui rayonne dans vos regards. Peut-on la voir, en effet, et ne pas sentir l'heureuse influence qu'elle exerce sur la vie de pauvres enfants comme nous? Ecoutez donc, mes sœurs, le récit des bienfaits que notre étoile a versés sur moi :

J'étais bien jeune encore, humble et timide fleur, je me balançais déjà avec grâce sur la tige qui m'avait donné la vie. Tout semblait me sourire. J'étais l'heureux objet des soins les plus tendres et les plus empressés. J'entendais dire autour de moi, que je serais un jour une grande et belle fleur. Déjà l'orgueil entrait en moi et commençait à ternir l'éclat de mes couleurs. Et cependant, je reposais tranquille et confiante au sein du bosquet qui m'avait vu naître. Tout-à-coup, ô triste souvenir ! un orage affreux se déchaîne dans la vallée, naguère si paisible. Un coup de foudre me frappe et me sépare de la tige maternelle, frappée elle-même au cœur et réduite en poussière. Me voilà seule et privée des sucs nourriciers qui me promettaient de si beaux jours. Me voilà jetée sur la route aux pieds des passants, qui n'ont pas même un regard de pitié pour la petite fleur que l'orage vient de briser. Mais le Dieu qui l'avait fait naître, eut pitié d'elle. Je vis briller, au milieu des ténèbres qui m'enveloppaient de toutes parts, je vis briller une radieuse étoile. Sa lumière semblait descendre de cette montagne. Bientôt je sentis une main, comme la main d'une mère, qui me recueillit, puis me transplanta dans ce parterre fortuné. Chaque jour, je vois cette main bienfaisante verser sur ma tête sa douce rosée, puis me dégager des ronces et des épines dont je portais en moi la triste semence. Sous cette aimable culture, je grandis, je prospère, et si je ne puis oublier les auteurs de mes jours que je connus à peine, la reconnaissance embellit ma vie en me rappelant celle qui a fait mon bonheur.

BLANCHE.

Ma sœur, l'histoire touchante que votre cœur, bien plus que votre bouche, vient de nous raconter, n'est-elle pas l'histoire de chacune de nous? Tristement délaissées sur le chemin de la vie, ne fûmes-nous pas recueillies par la même main? Ne retrouvons-nous pas ici, avec le cœur d'une mère, une autre famille et l'espoir d'un meilleur avenir?

NOÉMI.

Oui, mes sœurs, il en est ainsi; mais redire l'amour maternel, la tendre sollicitude de celle qui remplit si noblement les fonctions de mère à notre égard, n'est-ce pas nous acquitter d'un devoir de reconnaissance et glorifier notre Père qui est dans les cieux?

VALÉRIE.

Oh! oui, sœurs bien-aimées, racontez-nous encore quelques uns de ces héroïques bienfaits, que notre chère étoile voudrait elle-même oublier, et faire oublier, pour qu'ils ne soient connus que de Dieu seul. Fanélie, Louise et Léonie, veuillez nous redire par quel bonheur vous êtes venues partager avec nous les charmes et les joies que l'on goûte dans ces lieux fortunés. Fanélie, soyez l'interprète de vos jeunes sœurs.

FANÉLIE,

Sur les bords d'une onde pure et dans

un bosquet de roses, deux oiseaux avaient construit leur nid. Une jeune couvée y recevait, avec la nourriture quotidienne, les soins du plus tendre amour. Le père et la mère de cette famille bien-aimée, allaient chercher au loin et au prix des plus dures privations, le grain qui devait la nourrir. Puis pour oublier leurs peines et leurs souffrances, ils venaient chanter, autour du nid chéri, leurs plus tendres chansons. Mais un jour, la nourriture habituelle n'arriva point; les chants d'amour ne se firent plus entendre autour du berceau délaissé. Hélas! il n'était plus habité que par des orphelins!.... Un oiseleur inhumain avait donné la mort aux soutiens de la petite famille. On la vit alors s'élancer du nid paternel, se hasarder aux environs, et chercher, à l'aventure, le brin d'herbe qui devait l'empêcher de mourir de faim. Mais déjà les perfides vautours épiaient leur proie, et le serpent séducteur lançait déjà son funeste regard sur les jeunes victimes. Sans appui et sans expérience, les petits oiseaux descendaient déjà du sommet de l'arbre d'où ils exhalaient leurs mélodies plaintives. L'abîme était ouvert ; encore un instant, et les pauvres orphelins étaient dévorés. Mais celui qui donna la vie aux petits oiseaux, veilla aussi sur eux. Il envoya son ange et la jeune famille, arrachée au péril, fut transportée dans un bocage plus sûr et plus tranquille. Abritée sous les ailes d'une mère dont le cœur céleste s'est voué tout entier au bonheur du jeune âge malheureux ou orphelin, elle fait entendre, chaque jour, ses doux chants inspirés par le bonheur, l'amour et la reconnaissance. Revoir et presser sur son cœur la main protectrice qui l'a sauvée, c'est pour elle une récompense, une joie, un bonheur indicibles.

ESTHER.

Bénie soit donc à jamais la cause de notre allégresse !... Nous venons de publier par quelle admirable et douce Providence, nos jours et nos cœurs ont été sauvés ; ne dirons-nous pas, avec quel amour ils sont cultivés, par celle que nous appelons notre étoile, notre guide, notre appui, notre mère.

LÆTITIA.

Ma sœur, est-il possible de redire tout ce qui inspire notre joie et notre amour ? Cette allégresse si vive, et ces transports de votre âme ne disent-ils pas assez haut la grandeur des bienfaits, la tendresse des soins, l'affection toute maternelle dont vous êtes l'objet, à chaque instant de votre vie ? Oui, sœurs bien-aimées, vous êtes heureuses!... heureuses plus que vous ne sauriez le dire!... heureuses plus que vous ne sauriez le comprendre à votre âge!... Aussi le plus sincère et le plus doux hommage de reconnaissance que vous puissiez offrir à votre mère bien-aimée, c'est de graver au fond de vos cœurs les leçons qu'elle vous donne avec tant d'amour. Un jour, (que Dieu l'éloigne bien longtemps) ! un jour, jeunes enfants, vous verrez finir cette douce sécurité qui vous environne ; un jour, les noirs soucis de l'avenir vous saisiront au sortir de cet asile. Il vous faudra prendre votre essor sur vos propres ailes. Il vous faudra affronter des écueils bien autrement redoutables que ceux de l'enfance. Dans le rude sentier de la vie, des épines cachées ensanglanteront votre main dès qu'elle voudra cueillir une fleur. Les illusions et les enchantements d'un ennemi dont vous ignorez encore la perfide puissance, jetteront sur vos yeux un fatal bandeau. Alors l'heure du danger aura sonné pour vous. Tournez promptement vos regards vers le ciel ; vous y verrez toujours briller l'étoile protectrice. Elle sera pour vous le doux emblème d'une mère qui vous réchauffa des feux de son amour et vous éclaira des leçons de sa sagesse. Sa vue et son souvenir seront assez puissants pour vous maintenir dans le chemin que ses paroles et ses exemples vous ont tracé. Alors, vous bénirez encore les mains qui vous auront formées et le cœur qui vous aura si tendrement aimées.

CÉLINE.

Mon Dieu ! suppléez à notre impuissance ! Rendez à notre mère tout l'amour dont elle environne nos jeunes années. Oh ! oui, nous l'aimerons comme on n'aime plus sur la terre. Nous l'aimerons comme on aime dans les cieux. Nous serons les fleurons de sa céleste couronne. Son cœur tressaillera d'une allégresse éternelle à la vue de la nombreuse famille qu'elle aura formée pour le fortuné séjour.

Chantons, mes sœurs, chantons notre étoile bien-aimée. Que nos chants redisent à jamais les élans de nos cœurs !....

(*Un chant.*)

L'ADOPTION

OU LA

DIVINE PROVIDENCE POUR LES ORPHELINS

Drame en un acte.

—

La scène représente plusieurs petites filles assises sur le bord d'un chemin. Louise, la plus âgée, tient Fanélie sa plus jeune sœur, endormie sur ses genoux et fait entendre le chant de l'orphelin. La petite Fanélie s'éveille à la fin du chant et dit à sa sœur :

Louise, retournons chez nous. Vois comme il fait nuit !... il n'y a plus personne dans la rue. Et puis, n'as-tu pas faim, Louise ?....

LOUISE.

Il n'y a plus de chez-nous, pauvre petite !... O mon Dieu, nous abandonnerez-vous ? N'êtes-vous plus le soutien et le père des orphelins !... Depuis le triste jour, hélas ! où vous nous avez enlevé nos parents bien-aimés, nous sommes à la merci des passants, sans pain et sans asile !... (*Elle pleure.*)

FANÉLIE.

Chère petite sœur, pourquoi pleures-tu ? Maman ne reviendra-t-elle pas ? Tu sais bien qu'avant de partir pour ce beau pays qu'elle nommait le ciel, elle nous a dit qu'elle viendrait nous chercher si nous étions bien sages.

ELISA.

Ne nous a-t-elle pas dit aussi qu'elle nous enverrait un ange, pour nous conduire et nous protéger, jusqu'à ce que nous soyons de grandes filles, sachant bien travailler et bien aimer le bon Dieu ?....

JULIE.

Chère enfant ! que tu es heureuse de ne pas comprendre l'étendue de notre malheur !... Bientôt, hélas ! tu sauras combien il est cruel de n'avoir plus de mère pour nous réchauffer de son amour, et plus de père pour veiller sur notre existence. Si jeunes, si faibles, sans expérience, ah! si la divine Providence en laquelle on nous apprit à mettre tout notre espoir, ne vient à notre secours, cette nuit même, il nous faudra peut-être mourir, et mourir de faim!.... O pourquoi la même tombe..... mais, pardon, mon Dieu, j'allais murmurer. Nous sommes si malheureuses!... Nous croyons encore en votre paternelle bonté. Mais hâtez-vous de nous secourir!....

MARIE.

Oui, ma bien-aimée Julie, confiance en celui qui nous a créées. S'il nous reprend ceux dont il s'est servi pour nous donner le jour, ne doit-il pas les remplacer auprès de nous?

LÉONIE.

Ne veille-t-il pas avec amour et sur la fleur qui s'épanouit à peine, et sur l'insecte qui murmure sous l'herbe?

MARIE.

Pour gage de sa protection, il veut une

confiance sans borne. Invoquons-le, comme notre mère bien-aimée nous enseignait à l'invoquer, et le soir et le matin. Son cœur, nous disait-elle, est toujours accessible à la prière des petits enfants.

JULIE.

Nous sommes bien assez malheureuses, il est vrai, pour attirer sur nous ses paternels regards.

LÉONIE.

Et nos cœurs sont assez sensibles pour trouver des accents qui puissent arriver jusqu'à lui.

(*Elles se mettent toutes à genoux pour adresser à Dieu, chacune sa petite prière.*)

LOUISE.

O Dieu créateur du pauvre et du riche, du faible et du puissant, toi qu'on dit être pour celui qui souffre plus qu'un père et plus qu'une mère, laisseras-tu en vain couler nos pleurs?...

LÉONIE.

Demain, quand la brise matinale te

portera sur son aile les premiers chants du jour, tu n'entendras que notre prière plaintive.

LAURE.

L'orphelin peut-il soupirer d'autres chants que des chants de douleur?...

MARIE.

A cette heure, combien d'enfants heureux s'endorment sur le sein de leur mère, après un baiser d'amour!...

LAURE.

Au lieu de songes riants, notre sommeil, ô mon Dieu, ne sera plus semé que de larmes et de sombres visions!

JULIE.

A notre premier réveil, nos lèvres ne tressailliront plus sous le baiser maternel.

LAURE.

La voix aimée qui nous apprit à begayer ton nom si doux, ne redira plus: Enfants, bénissez le seigneur!

LOUISE.

Quand l'ennemi perfide des petites

filles aura semé sur nos pas de cruelles embuches, quelle main viendra nous secourir?

JULIE.

Quand le vain éclat du monde éblouira nos yeux, qui nous montrera l'épine cachée sous la fleur?

LOUISE.

Tu le vois, ô Dieu des petits enfants, nous ne pouvons que périr, si tu ne viens nous guider et nous protéger. S'il est vrai qu'une mère soit un ange descendu du ciel, daigne ô mon Dieu, nous envoyer un de ces anges pour remplacer celui qui est remonté vers toi, nous l'aimerons, et sous son aile, nous grandirons dans l'amour de ta loi sainte, et nous continuerons à te bénir.

(*A ce moment une lumière soudaine brille dans le ciel et semble s'approcher des enfants étonnées. Elles se relèvent toutes promptement.*)

MARIE.

Mes sœurs, que signifie cette lumière qui se dirige vers nous?... Je vois des ailes d'or... des visages brillants de beauté!...

PLUSIEURS ENFANTS.

Ce sont des anges ! Ce sont des anges !

1er ANGE.

Enfants délaissées, je vous apporte la paix et la consolation. Vos larmes innocentes, vos prières plaintives sont montées jusqu'aux pieds de votre Père qui est dans les cieux. Celui qui durant sa vie mortelle se plaisait à bénir et à caresser les petits enfants, m'envoie vous annoncer les prodiges de son amour envers vous. Ecoutez le rècit de ce qui s'est passé dans le ciel, lorsque vos cris et vos larmes se sont élevés vers les célestes collines. Le divin Sauveur était sur son trône environné de vierges, recevant les hommages de toute la cour céleste, et jugeant les âmes qui arrivaient du terrestre séjour. Tout-à-coup, j'ai vu s'agenouiller devant son tribunal redoutable, un père et une mère, le front ceint d'une brillante auréole, symbole de leurs vertus. Un nuage, cependant pesait sur leurs regards et les empêchait de s'épanouir aux rayons du divin soleil. Ils tenaient d'une main un riche trésor de mérites et de bonnes œuvres. De l'autre, ils présentaient un vase d'or d'où ruisselaient d'abondantes larmes. Le Verbe divin prenant aussitôt la parole : Venez, leur dit-il, venez les bien-aimés de mon Père, entrez dans la joie de votre maître, parce que vous avez élevé vos enfants dans la crainte de mon nom et dans l'amour de ma loi, venez recevoir la récompense de vos vertus.

LÉONIE.

C'étaient notre mère et notre père bien-aimés !... Mon Dieu !... Mon Dieu, soyez béni !...

MARIE.

O tendre Mère ! O bon Père, vous êtes heureux ; le cœur de vos enfants souffrira moins. Mais ne nous abandonnez point, soyez toujours nos protecteurs auprès de Dieu.

1er ANGE.

Oui, jeunes amies, ils vous protègeront encore, car écoutez leur prière au Seigneur, lorsqu'ils furent admis dans la gloire : O Dieu miséricordieux, disaient-ils, vous qui récompensez un verre d'eau donné en votre nom, et qui daignez nous admettre parmi vos élus, consommez notre bonheur, en assurant celui des pauvres orphelins que nous avons laissé sur la terre. Voici les larmes amères que notre départ fait couler de leurs yeux. Bénissez-les, envoyez auprès d'elles vos anges consolateurs. » J'exaucerai vos désirs, pieux parents, reprit le Sauveur du monde. Je dissiperai ce nuage de tristesse qui voile encore votre front et je calmerai vos maternelles inquiétudes. Ces larmes que vous me présentez, j'en tarirai la source, et je les changerai en une douce rosée de bénédictions pour vos enfants. Ne suis-je pas leur premier père? J'ai puisé dans le fond de mon cœur les sentiments du plus tendre amour, et je les ai gravés dans celui d'une autre mère qui n'aspire qu'à imiter ma paternelle Providence envers les orphelins. » Puis, appelant deux de ses innombrables ministres qui se tiennent en sa présence : Allez, mes anges, nous dit-il, descendez vers le terrestre séjour, allez bénir et consoler ces enfants qui pleurent les auteurs de leurs jours. Je vous les confie, conduisez-les sous l'aile de la nouvelle mère que je leur ai donnée, et dont j'ai moi-même préparé le cœur généreux.

FANÉLIE.

Oh ! qu'il soit béni le Dieu qui prend ainsi en pitié le sort des petits enfants !

MARIE.

Soyez béni, bel ange qui nous rendez la vie et le bonheur ! Mais daignez nous inspirer vous-même les sentiments d'amour et de reconnaissance que nous voulons avoir pour cette nouvelle mère que le ciel nous a donnée. Venez nous enseigner comme nous devons l'aimer et répondre à son amour.

FANÉLIE.

Je le sais bien moi, comment il faut l'aimer. Il faut l'aimer ; il faut l'aimer comme notre maman, et puis être bien sages. N'est-ce pas, bel ange ?...

2e ANGE.

Oui, enfants chéries de Dieu, vous l'aimerez comme vous avez aimé celle qui vous donna le jour. Son âme et sa vie tout entière sont consacrées à vous rendre heureuses de son affection et de sa tendre sollicitude. Dans son cœur que Dieu a formé ainsi qu'il forme le cœur d'une mère, vous trouverez le même amour, la même tendresse, la même protection que dans le cœur des parents chéris que vous pleurez. Il faut aussi qu'elle puisse trouver en vous les mêmes sentiments d'affection et de filiale reconnaissance.

PLUSIEURS PETITES FILLES.

Oh ! oui, nous l'aimerons de toute notre âme, de tout notre cœur.

2e ANGE.

Mais ne l'oubliez pas, chères petites amies, l'amour que vous allez lui témoigner, ne sera digne d'elle et agréable à Dieu, qu'autant qu'il sera prouvé par votre sagesse et votre reconnaissance. Sachez apprécier tout votre bonheur, jeunes enfants. Près de cette mère bien-aimée, vous puiserez une éducation chrétienne qui imprimera dans votre âme l'amour de Dieu votre premier père, et de sa religion sainte. C'est pour vous le trésor par excellence avec lequel vous pourrez acheter le bonheur dont jouissent maintenant les parents bien-aimés que vous pleurez. Suivez, suivez toujours les maternelles leçons qui vous sont données dans ce pieux sanctuaire. Le plus doux tribut de reconnaissance que vous puissiez offrir à votre bonne mère, c'est de mettre à profit les bienfaits de son zèle et de son amour.

LAURE.

Oui, bel ange, nous saurons apprécier la faveur insigne dont le ciel nous comble aujourd'hui en nous donnant une mère si bonne et si généreuse. Mais daignez, divin messager, recevoir entre vos mains et déposer aux pieds de l'Eternel, nos serments d'amour, de respect, de soumission et de reconnaissance envers cette mère bien-aimée.

2e ANGE.

Oui, chères enfants, nous emporterons au ciel vos vœux de ce jour trois fois heureux. Nous redirons à votre Mère du ciel, que ses enfants sont heureuses et fidèles à ses dernières leçons. Mais avant de remonter vers nos célestes demeures, nous voulons êtres témoins des transports joyeux qui vous animent à cette heure. Voici venir votre Mère adoptive au milieu de vous. Exprimez-lui donc tout ce que vos jeunes cœurs épouvaient en ce moment d'allégresse, d'amour et de reconnaissance.

(Louise adresse le compliment final selon la circonstance.)

FIN.

Lyon. — Typ. d'A. VINGTRINIER.

www.ingramcontent.com/pod-product-compliance
Ingram Content Group UK Ltd.
Pitfield, Milton Keynes, MK11 3LW, UK
UKHW020341220726
13923UKWH00004B/1512

9 782019 314057